ARNAUD BARON

L'OASIS

Prix : 1 fr. 50

PARIS

E. LACHAUD, LIBRAIRE-ÉDITEUR

4, PLACE DU THÉATRE-FRANÇAIS

ARNAUD BARON

L'OASIS

PARIS

E. LACHAUD, LIBRAIRE-ÉDITEUR

4, PLACE DU THÉATRE-FRANÇAIS

PRÉFACE

Ce recueil de vers que j'offre au public, je l'intitule *l'Oasis*. Peut-être les lecteurs assez indulgents pour le parcourir s'étonneront-ils d'y rencontrer les orages de la passion, peu en harmonie avec les promesses paisibles et riantes du titre. Un mot me justifiera. C'est dans la composition de ce livre que je me suis réfugié pendant quelques années d'une existence qui, pour avoir été sans gloire, n'a pas été sans souffrances. J'ai souvent oublié mes douleurs en me les racontant, et dans le commerce des choses idéales, perdu de vue la réalité. C'est en ce sens que ce livre a été pour moi une oasis. Je puis d'ailleurs ajouter que le voyageur ne dépose pas le fardeau de ses soucis et de ses inquiétudes au seuil de la véritable oasis, et que celle-ci n'est pas toujours à l'abri des vents et de l'orage.

Ce recueil se compose naturellement de pages détachées, écrites souvent à de longs intervalles. C'est pourquoi les idées en sont si diverses. C'est ma vie intime. Or la vie, la vie de l'artiste surtout, plus impressionnable que la foule, est ondoyante et changeante. Il y a plus : en ce siècle d'anarchie intellectuelle, il est peut-être plus difficile qu'à aucune autre époque de ne pas changer, sinon de foi politique, au moins de foi philosophique. Cet ouvrage a cependant une sorte d'unité morale. Dans la première partie, j'ai chanté les illusions de ma jeunesse ; dans la deuxième s'étale parfois le découragement, ce fruit amer de la déception et d'un régime politique dont l'atmosphère étouffante pénétrait tous les esprits ; et dans le troisième commence, avec les malheurs de la patrie, une sorte de résurrection du cœur.

Paris, décembre 1872.

ÉTUDE ROMAINE

A Monsieur Arnaud Baron

L'AN DE ROME 816

L'éloquence occupait les esprits : les rhéteurs,

Cultivant le dilemme et la prosopopée,

Se voyaient dans leur chaire entourés d'auditeurs.

Le luxe était alors le goût du jour : Poppée

Voulait des bains de lait tout remplis de parfums,

Et des fers d'or luisant aux quatre pieds des mules.

Les moins riches prenaient les puissants pour émules,

Et les vivants dressaient des palais aux défunts.

Le soir, en s'endormant, on relisait Tibulle.

Chacun s'étudiait à rendre plus brillants

Sa villa, son palais, son parc, son vestibule ;

Chloé, son pied plus fin, ses yeux plus petillants.

Des étoffes de l'Inde ou de Babylonie

Ornaient les frais boudoirs de longs rideaux flottants,

Et l'esprit abondait, à défaut de génie.

La jeunesse dorée, aux Laïs de ce temps,

Envoyait des bijoux arrivés de Corinthe.

Chacun vivait ainsi sans pudeur et sans crainte ;

Ce vaste énervement, qui grandissait toujours,

Effrayait, chez les morts, les héros des grands jours.

On allait écouter la sibylle de Cumes.

Le vieil orgueil romain se trouvait abattu.

Le vice engloutissait, dans ses noires écumes,

Le droit, la liberté, l'honneur et la vertu.

Comme un tigre royal, dans les bois, flaire et rôde,

On voyait au forum, au théâtre, partout,

Néron ayant à l'œil son lorgnon d'émeraude.

Une lueur d'éclair courait alors sur tout.

Chacun s'étourdissait pour n'être pas morose.

Des bateleurs teignaient des autruches en rose.

Les sénateurs, couverts de chapeaux thessaliens,

Admiraient des lions fougueux et sans liens,

Loin du brûlant soleil des plages africaines,

Expirant dans le cirque où les gladiateurs

Saluaient les Césars et tous les spectateurs.

C'en était fait de vous, vertus républicaines !

On buvait, on chantait, mais de sourds craquements

Annonçaient la fin sombre et les écroulements.

J. BAILLY.

Paris, 1868.

PREMIÈRE PARTIE

AUX MUSES

Puisqu'à l'heure où, semant leur route d'étincelles,

Les coursiers de la Nuit montent au firmament,

Et de leurs noirs naseaux, et de leurs noires ailes,

Soufflent au loin la paix et le recueillement,

Avec vous j'ai passé mes heures les plus belles,

Muses, dont les lauriers ne se fanent jamais,

Puissantes déités, phalanges immortelles,

Qui du haut Hélicon couronnez les sommets ;

Puisque dans mon enfance abrité de vos ailes,

A vos souffles légers mon front pâle a frémi,

Et puisque vous avez, comme des sœurs fidèles,

Veillé sur la demeure où jeune j'ai dormi,

C'est vous que mes accents honorent les premières
Et c'est vous que j'invoque en publiant ces vers.
Protégez-les aussi de vos ailes légères,
Ou suivez-les des yeux dans le vaste univers !

LE FLEUVE

A Madame la princesse de Beauveau.

Du pic étincelant que baigne le ciel bleu,

Comme un rapide éclair, comme un rayon de feu,

    Il jaillit, le torrent sonore !

Il fuit à flots légers, alerte, bondissant,

Et son cours furieux d'un bruit retentissant

    Emplit l'espace qu'il dévore !...

Des rochers sous ses eaux résonnent les parois.

Le voyageur pensif se détourne à sa voix,

    En foulant les pâles bruyères.

Des gaves montagnards il emporte les eaux,

Qui tombent en chantant du pays des bouleaux

    Et des flexibles sapinières.

Dans la campagne verte il traîne un flot plus lent ,

Rivière gracieuse, où, lascif et bêlant,

    Largement le troupeau s'abreuve.

Il baigne des remparts, des tours et des cités ;

Ses flots roulent sous l'arche à grand bruit emportés,

    Avec la majesté d'un fleuve.

Salut au fleuve vaste ! au fleuve souverain !...

Il porte l'abondance au peuple riverain,

    Que son eau pure désaltère.

Le pêcheur dans ses eaux plonge ses blancs filets ;

Au progrès voyageur il offre des relais ;

    Il fait la campagne prospère.

Vénérable vieillard à la barbe d'argent,

Vers l'Océan vermeil d'un pied peu diligent

    Il porte fièrement ses ondes.

Il hésite à se perdre au sein des vastes mers,

Où roulent confondus aux espaces amers

    Les fleuves royaux des cinq mondes.

Dans ses divers destins tel est l'homme ici-bas :

Sa jeunesse d'abord, précipitant ses pas,

    Eclate en vaines violences.

Plus tard, devenu fort et tranquille à la fois,

Il ressemble au grand fleuve où s'abreuvent les bois

    Et les métropoles immenses.

Le vieillard, chargé d'ans, d'honneurs et de trésors,

Comme le fleuve-roi, le fleuve aux vastes bords,

    Termine ses errants voyages,

Et par le cours du temps mollement emporté,

Il passe avec lenteur et tombe avec fierté

    Dans l'immense océan des âges.

Arras, 21 avril 1868.

ELLE

J'ai passé des moments près d'elle
Qui sont chers à mon souvenir,
Moments d'une angoisse cruelle
Que je ne saurais définir !

Cette femme aux yeux de gazelle,
Qu'en vain mon cœur voudrait bannir,
Bonne, aimable et spirituelle,
Est ma vie et mon avenir.

Elle est l'eau qui me désaltère,
Elle est le soleil qui m'éclaire,
Son nom rayonne dans ma nuit,

Je le prononce avec mystère.
Quelque part où j'aille sur terre,
Son visage adoré me suit.

LA BONTÉ

A Madame Philippe.

Des mille dons que peut posséder une femme,
Le plus exquis de tous, sinon le plus vanté,
Celui qui nous ravit et nous va droit à l'âme,
Ce n'est pas le talent, la grâce, ou la beauté ;

Mais c'est le sentiment, qui répand une flamme
Sereine, dans les yeux de la Divinité ;
C'est la douce vertu qui brille en vous, madame,
Entre toutes : je veux parler de la bonté.

Oui, de cette bonté, qui vaut l'expérience,
Qui tient compte du siècle et de la circonstance,
Pour la faute où l'orgueil peut nous précipiter ;

Qui, large, comprend tout, et sourit en silence,
Et fait du cœur humain comme un abîme immense
Où l'injure descend sans pouvoir remonter.

HALTE EN PICARDIE

A mon ami Deffossez.

Je suis dans le pays des anciens trouvères,
Où notre poésie, abondante moisson,
Vit autrefois fleurir ses tendres primevères ;
Comme autrefois, l'oisel chante dans le buisson.

D'un feuillage odorant le pommier se décore,
Et la brise plus chaude agite les roseaux.
Partout de jaunes fleurs le pré vert se colore.
Le printemps, qui dormait, s'éveille au bord des eaux.

Je sable du vieux cidre au-dessous d'une treille
Qui laisse au gré des vents errer ses blancs rameaux ;
Mariant leur éclat, le lis et la groseille
Effaceront bientôt la pâleur des ormeaux.

Oh ! le riant jardin ! oh ! la place choisie !

Des trouvères jadis c'était tout l'horizon !

Mais qu'il est plein de charme et plein de poésie,

Ce coin de paradis qui borde la maison !

Aussi comme ils l'aimaient ! leur œuvre jeune est pleine

De l'amour du printemps, de l'amour du clocher !

Pour défendre son bourg, pour défendre sa plaine,

Alors le paysan se doublait d'un archer.

Hélas ! ces sentiments ne sont que souvenance.

Les peuples vieillissants ont des amours divers.

La province vaincue a fait place à la France,

Dont le génie immense éblouit l'univers.

De notre Poésie à la voix argentine

Nous avons vu le ton s'élever par degrés,

Et cette fière sœur de la Muse latine

Presque atteindre en ses chants les Hellènes sacrés.

N'avons-nous point perdu la candeur et la grâce?

N'avons-nous point laissé de vertus en chemin?

Et savons-nous aimer, comme autrefois Horace,

Les monts de la Sabine et tout le genre humain?

Pourquoi ces droits sacrés que chérissaient nos pères

Ne fleuriraient-ils plus dans leurs chères cités,

Et ne liraient-ils pas les chants de nos trouvères,

Ces écoliers du jour vers Paris emportés?

La France rajeunie et plus patriotique

S'appuierait fièrement sur son dernier hameau,

Et notre poésie, arbre au feuillage antique,

Verrait sur son vieux tronc fleurir un vert rameau.

1869.

DÉMOSTHÈNES

A mon cher maître Casimir Perier.

I

Devant les Grecs légers lorsque, dans l'assemblée

Qui sur l'agora frémissait,

Démosthènes, le dieu de l'éloquence ailée,

A la tribune apparaissait,

Sur la Pnyx résonnante à sa vue attendrie

Montait un murmure flatteur :

« Ecoutez, disait-on, la voix de la patrie,

« Ecoutez le grand orateur ! »

Mais lui, du cœur humain connaissant la faiblesse,

Usait de mots mélodieux,

Fixait l'esprit flottant de l'inconstante Grèce

En lui parlant au nom des dieux.

La voyait-il alors, cette femme frivole,

Attentive ?... hors du fourreau,

Comme un glaive, il tirait sa terrible hyperbole,

Attaquait de front le taureau :

« Tous les jours, disait-il, Philippe s'évertue

« A perdre le peuple athénien !

« Chose étrange ! partout la Grèce est abattue

« Aux pieds d'un vil Macédonien,

« Quand donc, peuple léger, lui ferez-vous la guerre ?

« Jusques à quand dormirez-vous?

« Quelle injure pourra vous soulever de terre,

« Vous qui tremblez à ses genoux?

« Réveillez-vous enfin pour la lutte féconde!

« Prenez le fer, la pique en main!

« Vous portez avec vous la liberté du monde

« Et les destins du genre humain ! »

Devant le vif éclair de sa course rapide

Mille barrières surgissaient :

Les navires manquaient, le trésor était vide,

Et les soldats disparaissaient.

Toutes les questions, d'un regard reconnues,

Un instant ne l'arrêtaient pas ;

Il changeait les sentiers en larges avenues :

Sa verve y courait à grands pas,

La marine, les lois, les décrets, la finance

Tenaient les esprits enchaînés.

Il mettait, furieux, tout un peuple en démence

Par ses calculs passionnés.

Un souffle impétueux sortait de ses narines,

Souffle qui faisait tour à tour,

Terribles, s'échapper de six mille poitrines,

Des cris de colère ou d'amour.

La foule, suspendue à ses yeux, haletante,

Pensait qu'un Dieu venu des airs,

Ebranlait tout à coup la tribune tonnante,

Environné de mille éclairs.

Ce souffle impétueux, cette mâle éloquence

Qui bouleversait l'agora,

Soulevait dans la Grèce une tempête immense

D'Athènes à Lycosura :

« Des héros nos aïeux, tombés à Salamine,

« Imitons les grands dévoûments !

« Que le Péan terrible enfle notre poitrine

    « De ses joyeux rugissements !

« Nous aurons des soldats pour les luttes épiques :

    « Démosthènes en fournira.

« Nous aurons des vaisseaux, et s'il manque des piques,

    « La république en forgera !... »

Et joyeux ils partaient pour tenter la fortune,

    Revenaient vaincus à demi :

Démosthènes, debout, veillant à la tribune,

    Les renvoyait à l'ennemi.

Lorsque, triste revers de funeste présage,

    Revers qui confond la raison,

Lorsque le soleil grec, se voilant d'un nuage,

    Pâlit derrière l'horizon ;

Lorsque la Liberté mourut à Chéronée,...

    Maître d'un sombre désespoir,

Démosthènes leur fit bénir cette journée :

    « Vous avez fait votre devoir ! »

Leur dit-il (car devant Athènes attristée

    Il s'élevait comme Platon).

« J'atteste vos aïeux qui sont morts à Platée,

« A Salamine, à Marathon !... »

Irascible, inquiète, et sans cesse irritée

Par une foule de pervers,

La république entière, à sa voix transportée,

Applaudissait à ses revers !...

II

Ce prestige éclatant, cette vaste puissance,

Modernes, vous trouvent petits.

Devant tant de grandeur et de magnificence,

Vous demeurez anéantis.

Quoi ! par une harangue aux ailes enflammées

Déjouer tous les guet-apens,

Vingt fois faire pâlir le Maître des armées,

Tenir la victoire en suspens,

A son gré déchaîner et rappeler l'orage,

Arrêter les décrets du sort,

Etre pour ainsi dire un Dieu qui d'un nuage

Lance la défaite et la mort !

« Sans doute, disons-nous, cet homme avait des ailes :

« Oui, c'est un Dieu qui l'a formé.

« Il naquit au milieu des Muses immortelles,

« Au sein du vallon embaumé ;

« L'abeille de l'Hymette a, sur sa lèvre rose,

« Distillé ses rayons de miel ;

« Minerve la dirige et Jupiter y pose

« Toutes les tempêtes du ciel !... »

III

O fils dégénérés de héros magnanimes,

Maigres enfants d'un sang royal,

Inégaux aux labeurs comme aux efforts sublimes,

Incapables de l'idéal,

Me voulez-vous prêter une oreille fidèle ?

Je dirai de quel bras certain

Ces anciens ont bâti leur maison éternelle,

Victorieuse de l'airain.

Aimez d'abord, aimez les déesses civiles,

La Justice et la Liberté ;

Dérobez aux regards, sous des formes viriles,

Une indomptable volonté ;

Faites-vous de votre art un idéal immense,

Digne des dieux qu'il doit servir,

Et que jamais en vous la céleste Eloquence

De son prêtre n'ait à rougir !

Fièrement abordez tous les labeurs extrêmes

Que commande un but glorieux :

N'épargnez rien jamais, ni travaux, ni problèmes :

Marchez d'un pas laborieux !

Dix fois de votre main copiez Thucydide,

Feuilletez les siècles passés,

Armez de volonté votre cœur intrépide

Et sur vos livres pâlissez !...

Auprès de l'infini l'homme devient immense :

Il dépasse l'humanité ;

Quelque chose de Dieu dans son cœur se fiance

A la civique majesté.

Imitez les anciens... Imitez Démosthènes...

Comprimant tous les vains désirs,

Fuyez loin du Pirée, et loin des murs d'Athènes,

Les spectacles et les plaisirs.

Allez aux bords des mers !... Ecoutez le silence

De l'Océan illimité,

La voix de la forêt, qui dans l'air se balance,

Et les voix de l'immensité !...

Tant de nobles travaux, hélas ! nous font sourire.

Nul ne sait plus dire : « Je veux ! »

Nous n'aimons plus l'étude au terrible délire

Qui couronne de blancs cheveux,

Qui sur le front penseur sème la ride austère,

Déesse à l'implacable main,

Qui souvent foudroya l'apôtre solitaire

Aux premiers arbres du chemin ;

On ne sait plus l'aimer, cette belle maîtresse,

D'un unique et splendide amour,

Et, comme un orateur de Rome et de la Grèce,

> Vivre avec elle nuit et jour.

L'orateur a perdu les sentiments sublimes,

> A perdu l'inspiration ;

L'art divin maintenant n'habite plus les cimes,

> N'est plus une religion.

L'idéal, en tombant, entraîna tout le zèle,

> Et ses victorieux efforts,

Qui firent aux anciens cette gloire si belle

> Qui les empêche d'être morts !

Aussi sur son autel la céleste Eloquence

> Suit au loin d'un œil attristé

L'Étude au front divin qui s'exile de France

> Sur les pas de la Liberté !

Décembre 1868.

LA VIERGE

A l'ombre des tilleuls rangés devant l'église,
Gracieuse, elle vole au service divin,
La vierge au pied rapide, à la riante mise,
Qui livre ses rubans aux baisers de la brise,
Et dont un beau missel emplit toute la main !

> Quelle grâce douce et légère,
> Rayonne autour de l'humble enfant !
> Quelle candeur, que rien n'altère,
> Eclaire son front triomphant !
> Sa croix, qu'un rayon illumine,
> Eclatant sur son velours noir,
> Son blanc voile, sa taille fine :
> Quelles choses douces à voir !

Le lis blanc que l'ondée arrose,

Et le frais éclat de la rose,

Ces parures de la beauté

Mêlent leurs nuances divines,

Autour de ses fines narines,

Dans un satin si velouté,

Que l'abeille, légère et frêle,

Voltige, bruyante, autour d'elle,

Comme autour d'un fruit dans l'été !

Dans l'air pur et dans la lumière,

Aux rayons limpides et blancs,

Admirant leur sœur humble et fière,

Les anges toujours en prière

Jouent avec ses larges rubans.

Le grand ciel bleu, calme et splendide,

Est jaloux de son œil candide,

A l'éclat si fier et si doux,

Que les libertins dont les âmes

Ont éprouvé d'impures flammes

Tombent devant elle à genoux !

O vierge, en qui la grâce à l'éclat se marie ;
Chez qui la passion n'a jamais pénétré ;
Qui rêves de Jésus et qui crois à Marie ;
O lis des frais vallons, ô ciname sacré !

Quand le *Sursum corda* sur ta tête adorée,
Au milieu des concerts des peuples frémissants,
Légère et s'envolant de sa maison dorée,
Placera l'auréole aux nuages d'encens ;
Devenant tout à coup plus pâle que les cierges,
Tu verras dans les flots de cet air embaumé,
Où monte, triomphant, le cantique des vierges
Devant toi se dresser un homme bien-aimé...

Eve avait ton visage et sa rougeur candide
Lorsque dans l'univers naissant, superbe et vide,
Elle apparut soudain comme un ange du ciel ;
Et qu'admirant sa grâce et sa beauté sereine,
Le monde entier joyeux, la saluant sa reine,
Fit monter vers son père un hymne universel !

Plus tard tu seras, vierge blonde

La femme que l'on doit bénir ;

Tu seras la mère féconde,

Dont les flancs portent l'avenir ;

Tu seras l'ange tutélaire,

Tu seras la pierre angulaire

De la maison aux blonds enfants.

Par toi, sereine, la famille

Dans la nuit de ce monde brille,

Ceinte de rayons triomphants.

Salut, reine puissante, aux nations sacrée !

Tu restes immuable, en ta sphère éthérée,

Sur un trône à l'abri des haines d'empereurs ;

Et devant toi, déesse à la voix inspirée,

S'élevant doucement vers le calme Empyrée

En longs concerts d'amour se changent nos fureurs !

Ainsi dans les cités qui soudain se hérissent

Sur leurs longs boulevards de défiants créneaux ;

Et dans l'horreur des nuits, frémissantes, s'emplissent

D'homicides canons sortis des arsenaux ;

Parmi les monuments de la haine civile,

Souvent s'élève un temple au majestueux front,

D'où s'écarte en sifflant le rouge projectile…,

Qui reste immaculé sous l'ouragan de plomb.

Là, sans peine oubliant leurs passions contraires,

Tous, vainqueurs et vaincus, se disant qu'ils sont frères,

Mêlent leurs cœurs unis dans un concert serein :

Le temple au loin mugit de leurs chants d'allégresse,

Et l'orgue associant sa voix à leur ivresse,

Fait sonner bruyamment ses trompettes d'airain !

Paris, août 1868.

A M. J. BAILLY

Tes vers sont pleins d'ardeur, de séve et de jeunesse ;
Je palpite à leur souffle et pleure à leur ivresse ;
Ils ont tous les désirs, ils ont tous les accents
Que ce vieux siècle ignore et qu'on aime à vingt ans.
Lorsqu'on a lu ton livre, on veut le lire encore :
Il est pur, il est frais et gai comme une aurore ;
De le voir si naïf, nous nous sentons joyeux,
Car l'auteur aujourd'hui n'est qu'un licencieux
Qui cherche, par l'effet d'une peinture immonde,
A voler un coup d'œil à l'impudeur du monde,
Oui, l'on a peur, ami, de louer la vertu !
C'est un sujet vieilli qu'on trouve rebattu ;
Trop ordinaire effet des temps de décadence :
Il faut des mots grossiers au palais de la France,

Et la corruption, infect et vaste égout,

A de ses flots boueux tenté d'envahir tout !

On ne sait quel levain fermente sur la terre :

Un scepticisme impur règne sur notre sphère ;

Le mal monte et s'étend aux régions du cœur,

Qui languit, desséché par un poison vainqueur !

Lorsque parfois, brisant nos chaînes corporelles,

Poëte, nous sentons que notre âme a des ailes,

Comme un lien fatal, s'attachant à nos pas,

Nous force à revenir, à ramper ici-bas !

Aussi notre jeunesse est déjà presque éteinte !

Elle n'a plus le feu de la vanité sainte !

Elle va tristement, sans fierté, sans hauteur,

Le front déjà marqué du sceau réprobateur !

Si parfois, en son cœur qui lentement expire,

S'éveille en s'embrasant un reste de délire,

On dirait, à la voir tressaillir dans sa chair,

Un spasme de vieillard que réchauffe un éclair !

C'est bien d'avoir voulu dans tous ces cœurs arides,

Quand les dieux sont tombés, quand les temples sont vides,

C'est bien d'avoir voulu rapporter sur l'autel,

Lorsque tu revenais, le feu sacré du ciel !

Tout n'est pas mort, dis-tu. Telle est ton espérance :

C'est un repos léger que savoure la France ;

L'esprit, comme la plante, a besoin de sommeil,

Et la nuit quelquefois précède un grand réveil !

Oui, nous voulons revoir notre bouillante ivresse,

Nos palmes, nos combats, les dieux de la jeunesse !

Le passé qui s'en va n'est pas sans avenir :

Le monde s'est fait vieux, mais il peut rajeunir.

Poëte, en attendant que le soleil se lève,

Dans l'ombre poursuivons ce grand et noble rêve,

Et, pour régénérer le monde qui s'abat

Et l'homme qui s'ennuie, armons pour le combat !

Il est temps d'ajuster notre épée à la taille,

Si nous voulons encor tenter une bataille,

Et voir comme autrefois accourir dans nos camps

Le bataillon sacré des hommes de vingt ans !

LA TIMIDITÉ

Cette femme de marbre est la Timidité.

L'artiste a du talent : son œuvre est simple et belle.

Voyez : l'œil est rempli d'une douce fierté,

Ce n'est que loin du bruit que cet œil étincelle.

Le geste, gauche un peu, cherche l'obscurité,

Ce léger renflement à l'artiste décèle

Que le sang tout à coup au visage est monté.

Du néant des humains c'est la preuve immortelle.

Par elle bien souvent dans sa course arrêté,

Le génie a, sans fruit et sans utilité,

A des dons naturels joint l'amour de l'étude.

Et pourtant ses parents, disait l'antiquité,

Le peuvent seuls porter à l'exquise beauté.

Elle naît du Silence et de la Solitude.

LE SAGE

Lorsque, las de flotter au gré de la science,
Le sage enfin s'attache à ce qu'il croit le bien,
Et, sur ce fondement, base sa conscience,
C'en est fait : contre lui l'homme ne peut plus rien.

Le culte de sa loi devient sa récompense ;
L'opinion d'autrui n'émeut pas cet ancien ;
Son sublime sourire insulte la souffrance ;
Nul esprit, en vigueur, ne dépasse le sien.

Il va droit à son but, sans craindre les outrages,
Et nos cris de colère et nos haines sauvages
Ne le troublent jamais dans sa sécurité.

Il est semblable aux dieux assis sur les nuages :
A leurs pieds, bien souvent, mugissent des orages ;
Eux vivent dans l'air pur, pleins de sérénité.

STOÏCIENS

Je voudrais ressembler à ces maîtres antiques,
Qui prêchaient la sagesse, aux bords de l'Ilyssus
Et dans toute l'Hellade, à l'ombre des portiques.
Je ne sais quel rêveur un jour les a conçus,

En haine de nos mœurs, rudes et fanatiques :
Ces doux savants aimaient les joyeux aperçus,
Cultivaient l'éloquence et les fines répliques,
Délices des cités qui les avaient reçus.

L'indulgence toujours embellit leur sagesse,
Zénon pour Zénon seul se montrait sans faiblesse
Et bannissait ailleurs toute sévérité.

Quel rêve! je voudrais égaler leur science,
Être homme par le cœur, Dieu par l'intelligence,
A la vertu suprême allier la bonté.

ADIEU

Puisque tu n'as pas cru, toi dont l'œil m'électrise,
Qu'ensemble nous puissions vivre, aimer et chanter,
Je te dis donc adieu, bien que mon cœur se brise
En prononçant ce mot fait pour épouvanter.

La haine est un foyer que le dédain attise,
Et contre toi pourtant je ne puis m'irriter ;
C'est que, vois-tu, mon ange, il faut que je le dise :
Mon amour est puissant, rien ne le peut dompter.

Aussi je ne crois pas que le dépit me gagne.
J'avais édifié des châteaux en Espagne ;
En les voyant tomber, je murmure tout bas :

Que, toujours souriant, le bonheur l'accompagne,
Et que ses rêves d'or, ses châteaux en Espagne,
A ses pieds, à leur tour, ne se renversent pas !

DEUXIÈME PARTIE

MORALE

Un roi de Macédoine et de deux ou trois îles
S'ennuie, en temps de paix, avec ses combattants.
Leur sang s'est allumé dans des guerres civiles;
Il les jette sur l'Inde, et trouve un passe-temps.

Pour s'exercer la main, il prend soixante villes ;
Il y massacre tout, hommes, femmes, enfants;
Il écrase, en passant, la Perse aux mœurs serviles ;
Il brise le grand roi sous ses pieds triomphants.

Mais avant l'heure, ayant uni l'orgie aux crimes,
Il tombe, ivre de sang, sur un tas de victimes !
Traîtres au genre humain, brigands mélodieux,

Des poëtes, alors, chantent ses faits sublimes,
Lui forgent, après coup, des desseins magnanimes,
Et la postérité le classe au rang des dieux.

3.

LASSITUDE

Puisque le Destin veut que l'on se rassasie
Des mets les plus exquis, du vin le plus vanté ;
Puisqu'un mois de bonheur triomphe d'Aspasie ;
Puisque toujours l'ennui naît de la volupté ;

Puisque gloire, vertu, science, poésie,
Grâces, rayonnement divin de la beauté,
Caprices nés du rêve et de la fantaisie,
Tout passe et tout s'enfuit comme une nuit d'été ;

Puisque rien n'est durable en ce monde où vous êtes,
Ni l'œuvre des maçons, ni celle des poëtes,
Ni larmes, ni dépit, ni plaisir, ni souci ;

De grâce, mes amis, vous seriez bien honnêtes
De me dire pourquoi, comme des marionnettes,
Alors qu'il fait si chaud, vous travaillez ainsi.

CONSOLATION

Comme une vigne folle à la brise déroule,
Errante, les anneaux de ses légers sarments,
Cette femme élégante, au milieu de la foule,
Projette un corps flexible aux hardis mouvements.

Le satin à longs flots de sa taille découle
Et bondit sur le sol et sur ses pieds charmants ;
A son sein ferme et dur son corsage se moule ;
Son beau front de Vénus a les linéaments.

Cette femme élégante est-elle une madone ?
Une Romaine antique ? ou même une lionne,
Dont l'œil étincelant semble appeler l'amour ?

Aime-t-elle un bourgeois ? Porte-t-elle couronne ?
Qu'importe ! Son beau corps qui dans les airs frissonne,
Immobile et glacé, doit s'endormir un jour !

LA DAME NOIRE

Vous voici, tristes jours d'automne,

Encore une fois revenus !

Terrible déjà le vent sonne

Dans les bois frêles presque nus ;

Chariant ses grises écumes,

Dans le ciel, l'hiver diligent

Arrive du pays des brumes,

De la Norwége au sein d'argent.

L'artiste rêve solitaire,

Et les mortels pensent aux morts ;

Chacun d'eux regarde la terre,

Sombre demeure de leurs corps ;

Il songe aux absents qu'il oublie
Sous le ciel joyeux de l'été.
Paraissez, ô Mélancolie !
Mòrts et vivants, tous m'ont quitté.

Dans ma chambre petite et grise,
Je promène tout seul mes pas.
Ce soir j'attendais ma marquise,
Ma dame noire ne vient pas.
Cinq soirs absente !!! Que fait-elle,
Elle qui venait tous les jours ?
Ah ! je crains bien que l'infidèle
N'ait volé vers d'autres amours !

Etait-elle châtaine ou blonde ?
Avec elle j'ai vécu peu.
Mais sa taille était fine et ronde,
Son grand œil noir lançait du feu.

Elle avait des pieds de gazelle.

Quand je la touchais doucement,

Sa peau fine sous sa dentelle

S'allumait d'un frémissement.

La rose animait ses narines,

Et les lis les embellissaient ;

Sur ses yeux aux lueurs divines,

Ses longs cils soyeux s'abaissaient.

Cet amour fut-il un délire ?

Il fut doux comme un soir d'été ;

Il fut gai comme un gai sourire ;

Ma dame noire m'a quitté.

Ne l'accuse pas, ô poëte !

C'est toi le coupable, vraiment.

Ton âme toujours inquiète

Frémit, s'allume à tout moment.

Parfois farouche est ta pensée.
Tu ne le sais pas d'aujourd'hui.
Par un mot tu l'auras blessée ;
L'hirondelle blessée a fui.

Place cette fleur dans un livre,
Tu l'y retrouveras plus tard ;
Le souvenir, parfum, enivre
Le cœur morose du vieillard.
Combien de fleurs décolorées
Un jour à tes yeux s'offriront !
Tu songeras aux adorées
Qui s'en étaient paré le front.

Ah ! quel charmant pèlerinage
Vers ce temps riant et lointain !
Ton cœur alors, devenu sage,
Trouvera juste le Destin.

Libre de ses joyeuses chaînes,
Complétement rasséréné,
Tu lui pardonneras tes peines
Pour le bonheur qu'il t'a donné,

Quand les tristes jours de l'automne
Seront sur le point de venir;
Au temps où le vent froid moissonne
Tous ceux qui n'ont plus d'avenir;
Quand le bon vieillard solitaire,
Sentant, glacé, frémir son corps,
« Je vais, dit-il, quitter la terre
« Et retrouver mes amis morts ! »

NOUVELLE CHANSON SUR UN VIEIL AIR

A Lydie

Achève l'action que tu viens d'entreprendre !...
Mais, ma chère, crois-moi, non !... ce n'est plus le temps :
Un peu d'expérience a mis beaucoup de cendre
Sur mes feux d'autrefois, et je n'ai plus vingt ans.

Tu vas perdre, ô Lydie, et ton temps et ta peine ;
Tu peux m'abandonner, je n'en prends nul souci :
Car je n'ai plus d'amour, de douleurs, ni de haine,
Et de ce changement, la raison... la voici :

Lydie, il fut un temps où des douleurs cruelles
En moi naissaient d'un cher et malheureux amour.
Je me disais alors : les femmes sont fidèles !...
Et cette illusion n'a pu durer qu'un jour.

Les femmes, me disais-je, oh! les célestes choses!
Ce sont anges au ciel fuyant d'un vol léger!...
Je m'aperçus depuis que leurs doigts blancs et roses
Dans les réalités aiment à se plonger.

J'adorais une enfant, non pas comme toi blonde,
Une brune aux yeux bleus... une brune au doux nom:
Je l'eusse aimée encor sur les débris du monde,
Cet ange de vertu n'était qu'une guenon.

Non, jamais front plus pur, jamais œil plus candide,
Plus modeste maintien, plus tranquille beauté,
N'abrita cœur plus noir, plus lâche et plus perfide;
Ce monstre avait lassé l'enfer épouvanté.

Les reines d'ici-bas, les belles demoiselles,
Auxquelles nous parlons de tendre dévoûment...
Il nous faut des bijoux, des robes, des dentelles;
Vous n'avez pas le sou, si vous êtes charmant.

Et les femmes, toujours, si loin qu'il me souvienne,

M'ont toutes présenté ces défauts gracieux ;

Et Berlin et Paris, comme Naples et Vienne,

Sont pleins d'anges déchus qui n'ont plus rien des cieux.

Oui, bien que j'aie au loin plongé dans l'âme humaine,

Il est des cœurs encor que je pourrais aimer.

En ces siècles changeants la pêche est incertaine.

J'ai laissé sur mon cœur la tombe se fermer.

Ton départ ne saurait attrister ma pensée.

Pourtant, si tu le veux, nous pourrons nous revoir.

Mais, si de ma franchise irritée et blessée,

Tu me veux torturer... sans rancune... et bonsoir.

LAMARTINE

Larmes des choses

L'oiseau qui chante et fuit, la brise qui soupire,
Le ciel bleu, les grands lacs endormis dans les bois,
Tout ce qui vit, se meut, aime, chante et respire,
Surtout l'inerte objet, surtout l'objet sans voix,
Qui ne peut exprimer ses grâces et ses charmes,
Et veut un interprète afin d'être entendu :
Tout est triste en ce jour, les choses ont leurs larmes,
Du sublime rêveur que le monde a perdu !

Oui, vous pouvez pleurer, antres, forêt obscure,
Vous qu'il a tant aimés, vous qu'il trouvait si doux,
Grottes, rochers muets, grands bois pleins de verdure !
Mais nous est-il permis de pleurer comme vous ?

Les amants d'autrefois, qui des prochains villages,

En se parlant tout bas, si souvent sont venus

S'enivrer de ses vers sous vos riants ombrages,

Plus tard du chantre aimé se sont-ils souvenus ?

N'ont-ils pas oublié, lors de sa décadence,

Celui dont les beaux vers avaient charmé leur cœur ?

Se sont-ils étonnés de son triste silence ?...

Savaient-ils si c'était impuissance ou douleur ?

Chers arbres, vous aimiez l'accueillir sous vos branches,

Etendre sur son front vos rameaux gracieux.

Mais ton cygne, ô Milly, le cygne aux ailes blanches,

Qui pour quitter son nid, pour s'envoler aux cieux,

N'avait qu'à prêter l'aile à tes brises agrestes ;

Le cygne dont les chants, les mélodieux chants,

Paraissaient un écho des cantiques célestes,

Tantôt graves et fiers, mais plus souvent touchants ;

Le poëte embrasé d'une céleste flamme,

Qui baignait, en chantant, sa lyre de ses pleurs,

Celui qui le premier sut faire entendre à l'âme

Le pénétrant accent des réelles douleurs ;

Mais le grand orateur dont la parole abonde,

Qui régnait dans la Chambre aux jours tumultueux,

Dont l'ample période, en entrant dans le monde,

Descendait de son trône à pas majestueux ;

Dont le perçant regard, au milieu des orages,

Plus loin que notre temps, que notre humanité,

Voyait dans l'avenir, derrière les nuages,

Une ère de splendeur et de sérénité ;

Mais le génie enfin, mais la rare vaillance,

Mais les beaux dévoûments, mais les magiques dons,

Ont-ils pesé pour nous un jour de défaillance,

Et pouvons-nous pleurer ces biens que nous perdons ?

Nous n'avons pas le droit de plaindre par des larmes

Le glorieux vaincu de glorieux combats,

Le poëte-tribun, fier dans les jours d'alarmes,

L'homme qu'hier encor nous traînâmes si bas !

Seuls vous pouvez pleurer, antres, forêt obscure,

Qui d'un fidèle amour l'avez toujours aimé !

Seuls, ô rochers muets, seule, ô grande nature,
Sur son divin cercueil que la mort a fermé !

———

Mais pour vous, cœurs sacrés, vous que la muse anime,
Et vous qui, possédés par un civique orgueil,
Rêvez d'avoir un jour dans un siècle sublime,
Quelle grave leçon vous donne ce cercueil !
N'allez point, entraînés par l'élan de votre âme,
Sans calculer jamais, vous livrer tout entiers ;
Gardez un peu pour vous de la céleste flamme
Dont un arrêt de Dieu vous fit les héritiers.
Ils sont prompts à venir les jours de décadence !
La prodigalité lasse l'esprit humain.
Aux efforts violents succède l'impuissance :
Ne vous préparez pas un triste lendemain !
Apprenez à sa vue à mépriser la gloire :
Il vous montre à quel point les peuples sont ingrats.
Ils le furent hier. Rêveurs, vous pouvez croire
Qu'ils le seront demain, et ne changeront pas.

Quand ta main, il est vrai, grande libératrice,

A frappé le grand homme et cloué son cercueil,

Alors dans notre cœur s'ouvre une cicatrice,

Et le remords s'éveille, et nous prenons le deuil !

Ce sont des remords vains ! Ce sont des douleurs vaines !

Nous sommes fils des Grecs et du peuple romain :

Hélas ! l'ingratitude est le sang de nos veines ;

Nous pleurons aujourd'hui, nous pécherons demain !

César le savait bien, qui mourut sans rien dire.

Pendant que par ses soins Rome ressuscitait,

Et Socrate qui but avec un doux sourire

La coupe qu'en pleurant Phédon lui présentait !

LE JOUR DE L'AN

RÊVERIE

A Monsieur Laurent-Pichat.

> *Eheu ! fugaces, Postume, Postume,*
> *Labuntur anni.*

C'est l'hiver ! c'est l'hiver, gris, triste et glacial !...

Bien que sur la colonne au bronze martial,

Et sur l'Arc de triomphe, et sur les toits d'ardoises,

Résonnent tristement les brises suédoises,

Le boulevard s'emplit de joyeuses rumeurs,

De pas, de chants confus, de clartés, de clameurs,

Et, de la Madeleine allant à la Bastille,

La légion des gaz dans la brume scintille.

4

Voici le jour de l'an, qui ramène en plein vent

Du marchand voyageur le populaire auvent ;

Les vendeurs de jouets, les vendeuses d'oranges

Jettent dans l'air leurs cris et leurs notes étranges ;

Les cabarets fumeux s'emplissent d'échansons ;

Les fiacres obscurs éclatent en chansons ;

Et les belles de nuit, fleurs à la lune écloses,

Chez qui le fard au blanc a marié ses roses,

Étalent leurs toilettes aux regards étonnés...

A quoi peuvent penser ces joyeux forcenés ?

Parmi ces fous errant dans la ville insensée,

Certe il en est plus d'un qui n'a point de pensée.

Combien d'entre eux aussi sous leur feinte gaîté

Dérobent les douleurs de la réalité !

Diplomates vaincus dans une intrigue obscure,

Médecins écrasés par une triste cure,

Valets, commis, marchands de billets accablés,

Dans tes temples, Vénus, s'enivrent attablés !

Seuls vraiment sont joyeux, eux dont l'œil est candide,

Penchant leur front rosé près du foyer limpide,

Les enfants curieux retournant dans leur main

Leurs jouets adorés qu'ils briseront demain.

« Ah ! puisse, disent-ils, cette nouvelle année

« S'enfuir rapidement, par le temps entraînée,

« Ainsi qu'un peu de paille emporté par le vent ! »

Enfants, les jours de l'an reviennent bien souvent.

A quinze ans toujours l'homme au voyageur ressemble,

Au voyageur brûlant de voir le monde. Il semble

Qu'il lui soit de courir sans cesse, commandé.

Il craint d'être, en sa route, un instant retardé.

A vingt déjà penseur et devenu moins brave,

Il trouve que marcher toujours... c'est chose grave.

A vingt-cinq, soucieux, il se prend à songer

Que le vol est rapide et n'est pas sans danger :

Son œuvre n'est pas faite, et son regard découvre

Dans l'angle du chemin un abîme qui s'ouvre.

Pour moi, qui de ma chambre, au vieux quartier latin

Placée, entends monter dès l'aube du matin,

Par les brises du jour vers le ciel entraînées,

Les joyeuses chansons et les « bonnes années »,

Je songe que notre âge aurait pu dire siens

Ces jours qu'il croit lointains et qu'il appelle anciens ;

Et que l'homme se trompe, estimant sans mesure

Le temps que l'Éternel lui compte et lui mesure.

Je songe que c'était hier que résonnait

Athènes des grands vers que Sophocle sonnait ;

Que Socrate enseignait sa doctrine sublime,

Et du monde à venir entrevoyait la cime ;

Qu'Aristippe sifflait ; qu'Isocrate louait ;

Que le Péanéen, superbe, secouait

Ses cheveux ruisselants de perles diaphanes

Sur Athènes tombée au rang des courtisanes ;

Que Numa, Romulus, Martius et Vesta

Fondaient l'empire auquel tout l'univers resta ;

Que les Gracques tombaient pour vous, ô république !

Que Rome devenue une fille publique

Prostituait sa gloire aux bras de ses césars.

Je songe qu'à travers de glorieux hasards,

Dans ce lieu qui s'étend du vieux Louvre à la Grève,

Mil huit cents ans d'histoire ont passé comme un rêve,

Après l'empire grec et l'empire romain ;...

Qu'hier c'est aujourd'hui... qu'aujourd'hui... c'est demain !

4.

PAYSAGE DE MARS

L'hiver est venu tard. Les blanches giboulées
Descendent du ciel gris comme un fleuve d'argent,
Et leur flot, bondissant dans le fond des vallées,
Met un voile uniforme à leur aspect changeant.

Bien qu'au souffle du nord s'incline le grand chêne,
Nous avons, fuyant l'âtre ou flambe le bouleau,
Gravi les monts d'où l'œil, s'égarant sur la plaine,
Embrasse d'un regard un splendide tableau.

Qu'il est majestueux le bois aux sombres branches,
Le bois contemporain des antiques manoirs !
Qu'il fuit superbement dans les campagnes blanches,
Le fleuve au cours puissant qui roule des flots noirs !

Quelles mâles beautés et quels sévères charmes
Dans ce pays désert par l'hiver argenté !
Voyez comme ces monts sous le ciel tout en larmes
Elèvent fièrement leur chaste nudité !

Tous ces monts autrefois étaient couverts de chênes,
Pleins de rumeurs la nuit, pleins de confuses voix ;
Les flambeaux allumant les cuirasses romaines,
D'une immense lueur éclairaient tous ces bois ;

Pharamond, désigné pour l'empire du monde,
S'arrêta sur ce mont, entouré par ses Francs ;
La neige qui tombait mouillait leur barbe blonde,
Pendant que l'hydromel circulait dans les rangs ;

Ces monts ont aussi vu les britanniques bandes
Inonder de leurs flots les champs de Saint-Remy,
Le roi-soleil partant pour les plaines flamandes,
Et les Parisiens deux jours avant Valmy.

Ils ont vu des pays que la tourmente assiége
Le moderne César ramener ses débris,
Les Russes, plus nombreux que ces flocons de neige,
D'un vol impétueux s'abattre sur Paris!

Ces dieux, ces rois, ces morts, ces ombres fugitives,
Paraissent, étalant leurs costumes divers;
Et le fleuve, un instant, s'anime sur ses rives,
Et la vie, un instant, repeuple ses déserts.

La majesté des morts à ta gloire s'allie,
O divin paysage! et leur triste apparat
Dore du doux reflet de la mélancolie
De ta virginité le somptueux éclat.

LE DONJON

A Monsieur Clérec.

De son front qui du bois jadis passait les branches,
Il saluait la brise et le soleil levant.
Près de lui quatre tours élevaient toutes blanches
Leur dôme où résonnait la fanfare du vent

Leurs toits étincelants illuminaient les plaines,
Eclataient dans l'azur où chantent les clochers...
C'était un nid charmant de douces châtelaines,
C'était un fier château garni de fiers archers.

Dans la cour solitaire, où les dalles sont rares,
Et se cachent sous l'herbe et sous les flots poudreux,
Retentissaient alors de bruyantes fanfares,
Quand la chasse emportait les dames et les preux.

Ici le pèlerin, près du feu qui petille,

D'un voyage aux saints lieux raconta les relais ;

Plus loin le troubadour, béni par la famille,

Chassa le sombre ennui par de gais virelais.

Domaine d'un vidame aux ardeurs obstinées,

Tout fier de son donjon et de ses quatre tours,

Le castel, dédaigneux du prince et des années,

Régnait sur la vallée et sur les alentours ;

Mais un jour les boulets percèrent sa muraille,

De furieux assauts le remplirent d'effroi,

Et le donjon lui-même, atteint dans la bataille,

Tomba vaincu, brisé par le canon du roi !

Et de vous maintenant, ô race obscure et fière,

Il reste ce débris qu'épargna le canon !

Il s'évanouira bientôt pierre par pierre,

Et l'éternel oubli reprendra votre nom !

En vain l'homme orgueilleux, jaloux de sa mémoire,

Veut prolonger sa vie au delà du tombeau :

L'immortalité meurt !... et de l'humaine gloire

Les siècles à la fin éteignent le flambeau !

Plus durs que le granit, les hauts faits, l'éloquence,

En vain pendant longtemps nous gardent de mourir,

Puisque notre univers, si j'en crois la science,

La terre même un jour, la terre doit périr !

Et, dans l'immensité, l'éternelle nature,

Pour les détruire, au jour met les objets divers,

Et pour créer encor frappe la créature,

Et, terrible césar, règne dans l'univers.

LE SOLEIL

I

Dans l'éternelle nuit, dans l'éternel silence,

Il déploie éclatant sa royauté de feu.

Il verse aux univers, dans un éclair immense,

Les vertes floraisons et le riant ciel bleu.

Il réside au milieu des mondes, solitaire,

D'où son rayon émerge et plonge dans la nuit ;

Au loin dans l'ombre obscure il allume la terre :

Il allume à son tour la lune qui la suit.

Dans son lointain séjour, bravant tous nos voyages,

Il éclate au milieu de la mer sans rivages

Que les faibles mortels appelèrent les cieux.

Ce phare étincelant éclairant les empires,

Immobile, les guide, incandescents navires,
Dans cette mer sans borne aux flots silencieux.

Périssable flambeau que chaque jour consume,
Avec la Terre immense et lointaine, il allume
Tout satellite obscur, qui par lui resplendit :
Il incendie au loin, dans l'océan nocturne,
Mercure, Jupiter, et Vénus, et Saturne,
Derrière un triple anneau Saturne qui bondit !

II

La vie à larges flots sur la Terre ruisselle.
Dans son ciel vaste et bleu quand l'aurore rougit,
Et dans le grand concert de l'hymne universelle,
Le coq vigilant chante et le lion rugit.

Tu t'éveilles alors, ô grande métropole !
Pleine d'êtres dont l'œil ose fixer les cieux.

Ils dominent — ces rois — de l'équateur au pôle,
Et l'univers subit leur geste impérieux.

Rien ne peut arrêter leur vivace génie :
Ils découvrent du ciel l'éclatante harmonie,
De mouvements divers ensemble radieux,
Quels chefs-d'œuvre divins, quelles pures merveilles
Viennent frapper les yeux et charmer les oreilles,
Et font de ces mortels les émules des dieux !

Chaque jour qui du ciel éclaira leur arène
A vu ces conquérants étendre leur domaine,
Depuis l'heure sublime où dans l'éther obscur,
Des sombres éléments vivifiant la masse,
Le soleil anima les mondes dans l'espace,
Et recouvrit leurs flancs de verdure et d'azur.

Ah ! quels riches trésors ! ah ! quels brillants ouvrages !
Enfants nés du génie ou du labeur des âges,

Arts divins éclairant de leur noble flambeau

L'homme victorieux du temps et du tombeau ;

Sciences au grand front plein d'œuvres étonnantes,

Reines dont l'œil paisible, au milieu des éclairs,

Gouverne sur les rails les machines sonnantes,

Dont la blanche fumée ondule dans les airs,

Et dans un fil léger qui veille au sein des ondes

Suit la pensée alerte unissant les deux mondes

Que séparait hier l'immensité des mers ;

Quels chefs-d'œuvre achetés par mille expériences,

Sur lesquels un seul jour la gloire n'a pas lui ;

Quels triomphes payés par d'amères souffrances,

Que l'homme ingrat et fier méconnaît aujourd'hui ;

Quelles œuvres ouvrant d'audacieuses ailes,

Qui triomphent du temps et sont presque immortelles,

Le néant dans son gouffre immense engloutira,

Lorsque, le froid venant de la nuit éternelle,

Le soleil projetant sa dernière étincelle,

Le soleil éperdu dans les cieux s'éteindra !...

TROISIÈME PARTIE

NOEL ! NOEL !

M. Simson lit au Parlement une lettre du
Chancelier qui propose de décerner le
titre d'Empereur d'Allemagne à Guil-
laume de Prusse. Cette proposition est
couverte d'applaudissements...

A Monsieur Beaudemont.

814-1870.

Peuples, chantez noël ! Un jour joyeux se lève
Sur la plaine stérile où le sang fume encor.
Le ciel enfin clément a comblé notre rêve :
Un nouvel empereur ceint la couronne d'or.

Peuples, chantez noël ! Les barons d'Allemagne
Verront à leurs blasons s'ajouter des quartiers.
Peuples, chantez noël ! L'empereur Charlemagne
Après mille ans encor compte des héritiers !

Sans doute, si Jésus vint conquérir les âmes,

Ce nouveau conquérant règne sur des tombeaux,

Et le sang teint sa pourpre, et des villes en flammes

A son sacre joyeux serviront de flambeaux.

Sans doute plus d'un fils que la mêlée assiége

Est pleuré par son père au foyer resté seul.

Plus d'un se dit encor que cette blanche neige

Aux droits des nations peut servir de linceul!...

Peuples, chantez noël! Un jour joyeux se lève

Sur la plaine stérile où le sang fume encor.

Le ciel enfin clément a comblé notre rêve :

Un nouvel empereur ceint la couronne d'or.

LE NOUVEL AN

1872

Sur la neige aux flots blancs qui recouvre les plaines,
Déjà le nouvel an s'en vient d'un pas léger.
Halte !... Qu'apportez-vous? Quelles sont vos étrennes?
Démasquez-vous un peu, redoutable étranger.

Nos cœurs endoloris sont pleins de défiance ;
Apportez-vous la guerre, ou la joie et la paix ?
Hélas ! de tant de maux a souffert notre France!...
Venez !... votre venue est un de vos bienfaits !...

Ah ! puissent cette guerre et vos deux sœurs aînées
Dans l'Océan du temps à jamais s'engloutir !
Je voudrais de ma vie effacer deux années,
Et vois avec bonheur la dernière partir.

5.

Que nous avons souffert ! Que notre âme est meurtrie !

Par vous le doux espoir nous sera-t-il rendu ?

Vous verrez tout d'abord le corps de ma patrie,

Comme autrefois le Christ, à sa croix suspendu.

Vous verrez à ses pieds, pour expier nos crimes,

Un soldat-citoyen gisant ensanglanté.

L'ignoble Trahison surveille ces victimes,

Et le fusil chargé se promène à côté !

Nous avons vu la lutte et l'invasion sombre,

Les paysans fuyant par la peur affolés,

Nos soldats écrasés par des canons sans nombre,

Et l'ennemi régner sur nos champs désolés.

Nous avons vu la honte et les guerres civiles ;

Le boulet fratricide ensanglanter Paris,

Et les Ressentiments, troupes lâches et viles,

D'un incendie immense aviver les débris.

Et maintenant encor nos plus chères provinces,

Dont le cœur, le premier, de nos maux a gémi,

Victimes du destin, de la guerre et des princes,

Rongent en frémissant le frein de l'ennemi !

Ah ! bien que sur vos pas peut-être... la tempête

S'avance en mugissant, hâtez-vous d'accourir !

Nous préférons la lutte à la paix inquiète,

Et venez voir la France ou renaître ou mourir !

A M. GAMBETTA

Que les hommes sans foi, veufs de toute espérance,
Ne pensent pas, voyant ces drapeaux, ces bouquets,
Qu'oublieux des malheurs qui pèsent sur la France,
Nous arrivions joyeux pour rire à ces banquets.

Si nous sommes joyeux, notre joie est austère !
Nous fêtons les martyrs, nous fêtons les bannis,
Et nous venons encor jurer à notre mère
De vivre, de combattre et de mourir unis !

Nous fêtons simplement un noble anniversaire.
L'oublier... c'eût été très-mal, en vérité !
O glorieux martyrs qui dormez sous la terre,
Tombés pour la patrie et pour la liberté !

O Lecomte ! ô Martin ! fils du vieux municipe,

Oui, nous pensons à vous ! à vous comme aux héros

Qui, soldats de la France et soldats d'un principe,

Sont dans tous les combats tombés sous nos drapeaux.

A votre souvenir notre âme se soulève,

L'Espérance sourit et nous prend par la main ;

Le penseur dont l'esprit s'enfle d'un noble rêve,

D'un œil plus assuré cherche le lendemain.

Rempli d'espoir, je bois à la chose publique,

A ceux dont nous gardons le mâle souvenir !

Vive la liberté ! vive la République,

Dont les flambeaux divins éclairent l'avenir !

(Vers composés pour le banquet commémoratif de la défense de Saint-Quentin,
par les habitants de la ville, le 8 octobre 1870.)

LE POMPIER DE LA CHAPELLE

(PRÈS DE SEDAN.)

A Monsieur J. Claretie.

Cette triste bataille, hélas! était finie,
Et, faite de tronçons et de débris épars,
Dans Sedan notre armée errait, à l'agonie;
Quelques héros encor tiraient sur les remparts.

Mais dans les environs, où la froide nature
Etend déjà du nord la végétation,
Sous ces bois où sombra la sinistre aventure
De l'empire, entraînant la grande nation,

Les Prussiens, actifs, nation militaire,
Ramassaient nos débris, et, froide cruauté,
Leurs musiques jouaient *les Pompiers de Nanterre;*
Et raillaient des vaincus qui l'avaient mérité.

Nos soldats prisonniers, ces lions des batailles,

Dont un triste césar énerva les vertus,

Vendaient à leurs vainqueurs leurs boutons, leurs médailles

Et les turcos tremblaient comme des chiens battus.

Mais parmi ces tableaux tout pleins d'un deuil suprême,

Et qui tiraient des pleurs brûlants des yeux surpris,

Un spectacle très-beau frappa l'ennemi même,

Et chez lui le respect remplaça le mépris.

Auprès de la Chapelle, où des morts par centaines

Tombèrent dans nos rangs, pâle et le front fendu,

En travers, sur un tas de rouges capitaines,

Gisait un vieux pompier du village, étendu.

Sa tournure grotesque était peu militaire,

Mais c'est éloquemment que son bras menaçant

Protestait contre l'air des *Pompiers de Nanterre*.

Les Français, qui pleuraient, saluaient en passant.

Humble et pauvre héros ! de quelle noble flamme
Ton cœur simple et naïf a-t-il dû s'allumer,
Pour quitter à jamais tes enfants et ta femme,
Quand tu vis dans le sang la France s'abîmer !

Ce n'était pas sans doute un chercheur d'aventures,
Il n'était pas forcé d'entrer dans le combat.
Son fils était-il mort sous ces hautes ramures ?
Quel motif le poussait à tomber en soldat ?

Peut-être, le matin, les yeux remplis de larmes,
Avait-il vu, spectacle à déchirer le cœur,
Des régiments entiers qui mettaient bas les armes,
Et son cœur de Français en frémit de douleur.

Et quand il entendit sergent et capitaine
Appelant les soldats dans la forêt fuyant,
France, il crut que c'était ta voix de larmes pleine
Et pour ceux qui fuyaient, il répondit : Présent !

O noble et cher martyr! Auprès de ton village,

Toi qui dors oublié, sans doute, maintenant,

Ah! de mes vers émus daigne accepter l'hommage.

Ils sont nés de ta gloire et de ton dévoûment.

Ah! puisse la patrie, inerte et mutilée,

En proie aux factions et n'ayant plus de foi,

En se transfigurant dans cette ère troublée,

Devenir tout à coup sublime comme toi!

LES CUIRASSIERS DE REICHSHOFFEN

La nuit tombait au loin et répandait ses ombres
Sur la blanche Lauter et les bois d'alentour,
Et déjà le tissu de ses nuages sombres
Flottait sur Reichshoffen et sur sa haute tour.

De moment en moment, une flamme rapide
Embrasait l'horizon, illuminait les eaux ;
Dés torrents de mitraille inondaient le ciel vide,
Et des explosions ébranlaient les échos !

O douleur ! Sur ces monts, dans ces bois, dans ces plaines,
Trente mille Français par le nombre écrasés
Luttaient depuis un jour ! les masses prussiennes
Foulaient du pied leurs rangs, non vaincus, mais brisés !

Les derniers bataillons, au milieu des ruines,
Cherchant des yeux l'endroit d'où Failly doit venir,
Se cramponnaient aux flancs des sanglantes collines,
Et comme des rochers persistaient à tenir.

Mais bientôt sur le front, derrière, sur les ailes,
Les canons prussiens, l'enfer entier ! volaient,
Et les crépitements des sinistres crécelles
Aux longs rugissements du canon se mêlaient.

On touchait au moment sombre de la retraite,
Où l'escadron, flottant aux mains de l'officier,
Est pareil au vaisseau vaincu, que la tempête
Etreint sur l'Océan dans ses griffes d'acier ,

Quand tout est impuissant, la force et le courage ;
Quand l'orage est vainqueur de l'arrière à l'avant ;
Quand les coups de sifflet du maître d'équipage,
Comme des cris d'enfant, se perdent dans le vent !

« Il faut céder enfin ! » dit, brisant son épée,

Mac-Mahon : « Mon armée, où l'espoir est détruit,

« Risque de succomber et d'être enveloppée ;

« Sauvons nos compagnons à l'aide de la nuit ! »

Et d'une triste voix par la lutte animée :

« A moi les cuirassiers ! dit-il... O mes enfants !

« Il faut sauver la France, il faut sauver l'armée !

« Nous nous sommes connus dans des jours triomphants ;

« Mac-Mahon, admirant votre épique courage,

« Vous demande aujourd'hui de vous sacrifier.

« Des régiments vainqueurs arrêtez le passage,

« Chargez la mitrailleuse et le canon d'acier !

« Un jour elle saura, la nation puissante,

« A son vainqueur superbe enlever des canons,

« Et de votre action fière et reconnaissante,

« Sur ce bronze immortel elle inscrira vos noms ! »

« En avant ! en avant ! » dans les rangs retentirent.

Ils tirèrent leur sabre en lui disant adieu.

Courbés sur leurs coursiers, terribles, ils partirent,

A travers le ciel noir et sur la ligne en feu !

Chassant le lourd sommeil qui presse leur paupière,

D'héroïques soldats héroïques parents,

Les morts de Waterloo, pleins d'une humeur guerrière,

Sortirent de la tombe et formèrent leurs rangs.

Dans les vapeurs du soir leurs aigles s'inclinèrent,

Et tous les officiers, dont flamboyaient les yeux,

Abaissant leur épée, ensemble saluèrent,

Et le tambour battit un ban silencieux.

Mais vous, ô rois puissants, ô magnanimes princes,

Qui, voulant que la Guerre, au cortége infernal,

En sorte, se ruant sur de tristes provinces,

Ouvrez à deux battants le fort et l'arsenal ;

Monarques rayonnants, princes, grands de la terre,

Dans ce duel affreux, dans cet écrasement,

Son glaive dans la main, la Justice sévère,

De son œil indigné vous chercha vainement.

Les centaures chargeaient la grande batterie.

Repoussés mille fois, plus fiers, ils repartaient ;

Ils bravaient les boulets... et de l'infanterie

Sur leurs flancs décimés tous les feux éclataient !

Mais eux, tout dédaigneux du haut de leurs cavales,

Longeaient ces fantassins, n'en voulant qu'aux canons.

Superbes, ils plongeaient dans un torrent de balles !

La France, n'est-ce pas ? conservera leurs noms !

On voyait scintiller leur cuirasse et leur glaive,

Dans les airs embrasés, quand résonnaient les monts.

Grandiose tableau comme on en voit en rêve !

On eût dit dans l'enfer un combat de démons.

Oh ! ces grands dévoûments, qui les pourrait dépeindre ?

Quel cœur ne faut-il pas pour chanter ce duel,

Ces héros qui tombaient sans espérer ni craindre,

Et l'étrange beauté de cet assaut mortel ?

Ils sauvèrent l'armée, et revinrent quarante,

Echappés aux boulets des canons prussiens,

De ces beaux régiments dont la colonne errante

Excitait les transports des grands Parisiens !

Maintenant, dans les champs témoins de leur courage,

Le laboureur paisible a tracé ses sillons ;

Une croix de bois noir atteste le passage,

Du boulet homicide au sein des bataillons.

La France, de revers sans nom préoccupée,

Un instant oublia, sous les coups du malheur,

Les nobles cuirassiers à la vaillante épée ;

La Gloire quelque jour voilera la Douleur.

Quand les jeunes héros du Nord et de la Loire

Auront sauvé nos dieux et notre liberté,

La France plus heureuse, ayant plus de mémoire,

Bénira les vaincus qui d'elle ont mérité !

Saint-Quentin, décembre 1870.

LES CORBEAUX

A mon ami Adal de Pujol.

« Ivre, ô noble coursier, du vin de la bataille,

« Plonge-toi, frémissant, dans une mer d'acier!... »

Mais soudain il s'arrête... un grand coup de mitraille

Sur un affût sanglant a cloué le coursier !

Hourra ! le Prussien foule aux pieds sa défaite !...

Un soldat de sa chair arrache deux lambeaux ;

Un deuxième en ses flancs plonge sa baïonnette ;

Maintenant, plus cruels, arrivent les corbeaux !

Voyez-les ! voyez-les ! sinistres hirondelles,

Ils s'élèvent des champs, ils descendent des bois !

Le ciel est obscurci de leurs battements d'ailes,

Et le coursier se trouble aux éclats de leur voix.

Tous, avec des clameurs, s'abattent sur leur proie,
S'enivrent de son sang et torturent sa chair !...
Mais soudain le coursier, interrompant leur joie,
Se retourne, écrasant ces Prussiens de l'air !

LE RHIN ALLEMAND

A mon cher maître Guérard.

Trois régiments luttaient sur la crête enflammée
Au milieu des mourants, des cris, des coups de feu !
Et l'on voyait briller dans la blanche fumée
Et le pantalon rouge et le vêtement bleu.

Loin de la fusillade aux terribles ravages,
Les instruments chantaient et mariaient leurs voix ;
La brise harmonieuse enflammait les courages,
Et l'hymne s'élançait des profondeurs d'un bois ;

Tout à coup, emportant la ligne au cœur tenace,
Sifflants et mugissants, cent obus prussiens,
Venus de la Marfée, éclatent dans l'espace,
Et brisent en tombant les pauvres musiciens.

Et la brise, raillant la France à l'agonie,

Emportait sous le bois, plein d'épouvantement,

Deux cents partitions — quelle amère ironie ! —

Du chant: « Nous l'avons eu, votre Rhin allemand ! »

VIVE LA FRANCE !

A M. le général Faidherbe.

Par la mitraille et le tonnerre
Que sur elle ont lancés vingt rois,
La France est étendue à terre
Et succombe encore une fois.
Voyant dans la sanglante plaine
Triompher leurs sombres couleurs,
Je crie aux rois, à perdre haleine,
Le cœur brisé, les yeux en pleurs :

>Vive la France !
>Vive la France !

Mais un jour plus pur déjà brille
Sur notre pays dévasté.
Celle qui brisa la Bastille
Vient d'acheter sa liberté.

L'ennemi gagne ses frontières.

Partout jaunissent les moissons.

Amis, poussons, choquant nos verres,

Ce cri plus beau que nos chansons :

    Vive la France !

    Vive la France !

Envieux d'un amas de gloire

A faire pâlir les Romains,

Les peuples, oubliant l'histoire,

A nos revers battaient des mains.

Vaine et passagère colère !

Car, vers le ciel, levant les bras :

« La nuit sombre envahit la terre ;

« Le soleil s'obscurcit là-bas !

    « Vive la France !

    « Vive la France ! »

Au bruit de cette plainte immense,

Dieu s'éveille au fond du ciel bleu.

Son œil en vain cherche la France,

Dieu cherche le soldat de Dieu.

« Plus d'équité dans mes provinces !

« Dit-il ; quoi ! plus de liberté !

« Pour chasser ces rois et ces princes,

« Pour briser leur joug détesté...

  « Vive la France !

  « Vive la France ! »

A LA VILLE DE SAINT-QUENTIN

8 octobre 1870

Gloire à vous ! vous avez, ô cité populaire,
Sans murs ni bastions, sans armes ni guerriers,
Grâce au débordement d'une sainte colère,
Orné votre écusson de glorieux lauriers !

L'océan prussien, roulant sa vague verte,
Jusqu'au pied de vos murs, s'en vint d'un cours certain.
Le soldat tout joyeux s'écriait : « Ville ouverte ! »
A ses yeux éblouis miroitait le butin.

« — Qui vive ? — Ouvrez vos murs aux vainqueurs de la France.
« — Non. — Nous sommes la force ! — On n'entre pas ici.
« — Hourra ! — La République ! » Un grand combat commence
La fusillade éclate et frappe sans merci.

Que de soldats parmi cette foule civile !

Quatre heures l'on se bat. Etonné, frémissant,

L'ennemi cède enfin aux bourgeois de la ville

Et leur honneur intact et leur pavé sanglant !

O ville ! c'est pourquoi — troupe auguste et sacrée —

Les vainqueurs de l'Espagne et leurs libres aïeux,

Du nuageux sommet d'une gloire éthérée,

Bénissent vos enfants, et chantent dans les cieux.

Rouvroy, 10 octobre 1870.
8e compagnie.

On sait que, le 8 octobre 1870, une forte colonne prussienne fut repoussée par les habitants de Saint-Quentin, dirigés par M. Anatole de La Forge.

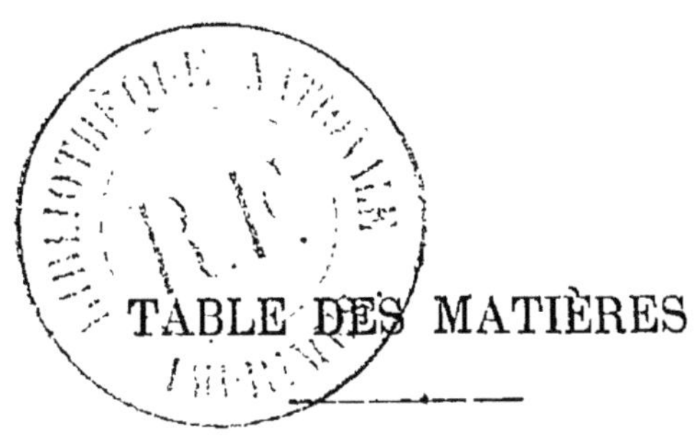

TABLE DES MATIÈRES

	Pages.
Préface	III
Étude romaine	5

PREMIÈRE PARTIE

Aux Muses	11
Le Fleuve	13
Elle	16
La Bonté	17
Halte en Picardie	18
Démosthènes	21
La Vierge	30
A M. J. Bailly	35
La Timidité	38
Le Sage	39
Stoïciens	40
Adieu	41

DEUXIÈME PARTIE

Morale	45
Lassitude	46

Pages.

Consolation.   47

La Dame noire.   48

Nouvelle Chanson sur un vieil air.   53

Lamartine.   56

Le Jour de l'An..   61

Paysage de mars..   66

Le Donjon.   69

Le Soleil.   72

TROISIÈME PARTIE

Noël !.   79

Le Nouvel An 1872.   81

Gambetta.   84

Le Pompier de la Chapelle.   86

Les Cuirassiers de Reichshoffen.   90

Les Corbeaux.   97

Le Rhin allemand.   99

Vive la France !. 101

A la ville de Saint-Quentin. 104

Paris. — Typographie A. HENNUYER, rue du Boulevard, 7.

PARIS. — TYPOGRAPHIE HENNUYER, RUE DU BOULEVARD, 7.